RETOUR DU JAPON

COMÉDIE

Représentée, pour la première fois, à Paris, sur le théâtre du Vaudeville,
le 11 mars 1875.

A LA MÊME LIBRAIRIE

LA MAITRESSE LÉGITIME

Comédie en quatre actes........................... 2

LE TRAQUENARD

Comédie-vaudeville en un acte....................... 1 »

LA REVUE A LA VAPEUR

Actualité parisienne en un acte....................... 1 50

TOUS DENTISTES

Vaudeville en un acte.............................. 1 50

DE DEUX HEURES A QUATRE

Vaudeville en un acte.............................. 1 50

LA MALLE DES INDES

Revue en trois actes et 18 tableaux................... » 50

MADAME MASCARILLE

Comédie en un acte, en vers libres.................. 1 50

MON ABONNÉ

Comédie en un acte................................ 1 »

CHATILLON-SUR-SEINE. — IMPRIMERIE E. CORNILLAC

RETOUR DU JAPON

COMÉDIE EN UN ACTE

PAR

A. DELACOUR ET A. ERNY

PARIS

TRESSE ÉDITEUR

GALERIE DE CHARTRES, 10 ET 11

PALAIS-ROYAL

MDCCCLXXV

PERSONNAGES

MIRON	MM.	MICHEL.
DE LORGE, officier de marine		TRAIN.
LOUISE, femme de Miron	Mlles	MASSIN.
PAULINE		DELTA.
BRIQUET, domestique	M.	MOISSON.

A Enghien, de nos jours.

RETOUR DU JAPON

Un salon de campagne élégant, ouvrant au fond sur un jardin. — Au fond, à gauche de la porte d'entrée, fenêtre sur le jardin. — A droite, porte. A gauche premier plan, une cheminée avec potiche et glace. — Devant la cheminée, un métier à broder ; deuxième plan, porte latérale. — A droite premier plan, piano, avec vases dessus ; deuxième plan, porte latérale. — Divan, devant la cheminée ; à droite, table avec livres, boite à ouvrage, chaises, etc. — Un timbre sur la table.

SCÈNE PREMIÈRE

MIRON, puis LOUISE et PAULINE.

MIRON, *sur une chaise à droite, lisant un journal.*

« Précisons... la liberté, c'est l'action, l'action, c'est la « liberté... sans liberté pas d'action... sans action pas de « liberté... (*S'arrêtant.*) Je ne comprends pas bien... (*Lisant.*) « seul, un esprit étroit et borné ne comprendra pas cela. (*Parlé, en se levant.*) Hein ! mon journal qui me dit des sottises. (*Voyant Louise qui entre par la gauche suivie de Pauline.*) Tiens, ma femme... tu sors *?

LOUISE.

Oui, nous allons, ma cousine et moi, faire des visites dans le voisinage.

MIRON, *regardant sa femme.*

Tu es gentille aujourd'hui... cette toilette te va à ravir.

PAULINE.

N'est-ce pas ?... Je le disais tout à l'heure à Louise...

* Pauline, Louise, Miron.

MIRON.

Ce chapeau te donne un petit air tapageur, et puis cette coiffure... cette robe...

LOUISE.

Elle est bien simple... un peignoir que j'ai fait faire à ma femme de chambre.

MIRON.

Enfin... (L'embrassant.) tu es charmante.

LOUISE.

Nous accompagnes-tu ? nous allons voir madame Richard.

MIRON.

Impossible... j'attends mon architecte.

PAULINE.

Ah ! pour votre fameuse cage à lapins ?

LOUISE.

Décidément tu y tiens.

MIRON, à Louise.

Peuh !.. un caprice... une fantaisie... ça te contrarie ?

LOUISE.

Nullement, (Changeant de ton.) mais sois raisonnable... ne te ruine pas pour tes lapins.

MIRON.

Ne crains rien... quatre petits murs en brique de couleur.

PAULINE.

A bientôt, cousin.

MIRON.

Cousine.

Elles sortent par le fond.

SCÈNE II

MIRON, puis BRIQUET.

MIRON, regardant sortir sa femme avec admiration.

Elle est adorable ma femme ! Et quel caractère ! La douceur et l'innocence d'un mouton. (Reprenant son journal et (allant s'asseoir sur le divan.) Où en étais-je ? Ah ! voilà. (Lisant.) « Seul un esprit étroit et borné. » (Parlé.) Ah ! il m'ennuie mon journal. (Le rejetant.) Il me paiera ça au renouvellement.

BRIQUET, accourant.

Monsieur... monsieur *...

MIRON, toujours assis.

Eh bien ! Briquet... qu'est-ce qu'il y a ?

BRIQUET.

Une surprise pour monsieur et qui va lui faire un plaisir...

MIRON.

Voyons... parle.

BRIQUET.

Je revenais de Saint-Gratien, quand tout à coup, dans la grande rue... je me heurte avec un monsieur, qui s'en allait comme ça... le nez en l'air... Il regardait les numéros des maisons.

MIRON.

Eh bien ! après... ?

BRIQUET.

Je le reconnais... il me reconnaît aussi... un ami de monsieur...

MIRON.

Qui donc ?

BRIQUET.

J'ai oublié son nom, mais je l'ai là (Il montre sa langue.) sur le bout de la langue... ça me démange.

MIRON.

Gratte-la... et que ça finisse...

BRIQUET.

Vous savez bien... un officier.

MIRON, cherchant.

Un officier ?

BRIQUET.

Un officier de marine... qui est parti il y a deux ans pour le Japon.

* Miron, Briquet.

MIRON, vivement, se levant.

De Lorge?...

BRIQUET.

C'est ça, monsieur de Lorge.

MIRON.

Et tu l'as vu ?...

BRIQUET.

Comme je vous vois.

MIRON, troublé.

Et tu lui as parlé ?

BRIQUET.

Oui, monsieur... Il a été bien heureux d'apprendre que vous étiez ici... à Enghien... je lui ai donné votre adresse.

MIRON, à demi-voix *

Animal !

BRIQUET.

Hein?

MIRON.

Rien!

BRIQUET, à part.

Il n'a pas l'air content. (Haut, apercevant de Lorge qui paraît au fond en officier de marine.) Eh! tenez... le voilà...

MIRON.

C'est bien... Laisse-nous...

BRIQUET, à part, en s'en allant.

Il n'a pas l'air content du tout.

Il entre à gauche.

SCÈNE III

MIRON, DE LORGE, puis BRIQUET.

DE LORGE, entrant.

Ah ! le voilà, ce brave Miron.

* Il dépose sur une chaise au fond, son pardessus et son chapeau.

MIRON **.

Ce cher de Lorge.

* Briquet, Miron.

** De Lorge, Miron.

DE LORGE, le regardant.

Pas changé... toujours ta bonne figure... Que je suis heureux de te revoir.

MIRON.

Et moi donc... deux ans sans nouvelles.

DE LORGE.

Tu me croyais mort... je parie?...

MIRON.

Dame...

DE LORGE.

Bien vivant, Dieu merci... Retour du Japon... après bien des tracas, des ennuis... Enfin me voilà... six mois de congé... Mais qu'as-tu donc? tu as l'air gêné, mal à l'aise.

MIRON, s'efforçant de paraître gai.

Mais non, l'émotion... la joie... ce brave de Lorge...

DE LORGE, regardant autour de lui.

Très-jolie ta maison de campagne... Tu y passes l'été... probablement?

MIRON.

L'été... et l'hiver...

DE LORGE, étonné.

Comment! tu n'habites plus Paris?...

MIRON.

Non, mon ami... des raisons d'ordre... d'économie...

DE LORGE.

D'économie! mais tu possédais au moins vingt-mille livres de rente.

MIRON.

Oui... autrefois...

DE LORGE.

Je comprends... les événements... la guerre...

MIRON.

Oui, ne parlons pas de cela.

DE LORGE.

Ah! pauvre ami!... (Changeant de ton.) Ah ça! que je te félicite... tu es marié...

MIRON.

Ah! tu sais?...

DE LORGE.

Briquet m'a appris ça.

MIRON, à part.

Maudit bavard.

DE LORGE.

Tu n'as pas perdu de temps... presque aussitôt après mon départ... Je regrette de n'avoir pas été là... j'aurais été ton témoin.

MIRON.

Certainement! certainement.

DE LORGE.

Et ta femme? jeune?

MIRON.

Heu!... heu!...

DE LORGE.

Jolie?...

MIRON.

Heu! heu!

DE LORGE, à part.

Fixé... un laideron... (Haut.) Enfin tu es heureux?

MIRON.

Heu! heu!

DE LORGE, à part.

Compris. Encore un homme à la mer.

MIRON.

Et toi, toujours garçon?

DE LORGE.

Toujours... Ah! je peux dire que tu m'en as sauvé une belle.

MIRON.

Moi?

DE LORGE.

Rappelle-toi la fameuse histoire.

MIRON.

Quelle histoire?

DE LORGE, *s'asseyant, ainsi que Miron, près de la table à droite.*

Excellent ami! il oublie jusqu'aux services qu'il vous a rendus... mais moi, je m'en souviens. J'étais à Cherbourg.... On me parle d'une jeune fille qui habitait Paris avec sa famille... un parti très-convenable pour moi, cent mille francs de dot... Impossible de m'absenter... Il était déjà question de notre embarquement. Je me dis : Écrivons à Miron... Nous avons les mêmes goûts... les mêmes idées... il décidera... Te souviens-tu maintenant?

MIRON, *très-troublé.*

Oui, oui.

DE LORGE.

Je t'écris... tu vois la jeune personne à l'Opéra... et le lendemain tu me télégraphies... Laide, air vieillot, taches de rousseur... œil qui s'égare, etc... etc... Je cours au télégraphe, et je te réponds merci, je file... Trois jours après, je m'embarquais... Brave ami... sais-tu ce qu'il est devenu?

MIRON.

Qui ?

DE LORGE, *riant.*

L'œil qui s'égare. Pauvre fille! elle aura trouvé quelque imbécile qui se sera laissé prendre.

MIRON.

Je n'en sais rien... j'ai oublié (*Avec intention.*) jusqu'à son nom... et toi?

DE LORGE.

Louise Cavalier... je m'en souviens... son père était notaire.

MIRON.

Tiens, Louise... le nom de ma femme...

DE LORGE.

C'est un nom si commun. — Ah ça! voyons, je passe la journée avec toi... ça ne te gêne pas ?

Ils se lèvent.

MIRON.

Nullement.

DE LORGE.

Tu me présenteras à ta femme?

MIRON.

C'est que... elle est sortie.

DE LORGE.

Tant mieux... j'aurai le temps de me remettre un peu... la chaleur, la poussière... indique-moi une chambre.

MIRON.

Attends... Briquet va te conduire.

Il sonne.

DE LORGE.

Quelle bonne journée nous allons passer ensemble.

Il lui serre la main.

MIRON.

Aïe !

DE LORGE.

Quoi donc ?

MIRON.

Tu m'as fait mal.

DE LORGE.

Ah ! je sais, c'est ma bague. (Otant la bague qu'il a au doigt.) Tiens, regarde .. un cadeau que m'a fait un riche Japonais.

MIRON.

Elle est superbe.

DE LORGE.

Elle te plaît... garde-la.

MIRON.

Je ne veux pas t'en priver.

DE LORGE, la lui passant au doigt.

Je te l'offre... C'est mon cadeau de noces.

BRIQUET, entrant.

Monsieur a sonné.

MIRON.

Oui... conduis monsieur dans la chambre rouge.

DE LORGE.

A bientôt. (A Briquet.) Passe devant... A bientôt.

Briquet et de Lorge sortent par la porte de droite, au fond. Briquet emporte le chapeau et le pardessus de de Lorge.

SCÈNE IV

MIRON, puis LOUISE et PAULINE.

MIRON.

Me voilà bien! Tout finira par se découvrir... et alors... que dira-t-il, quand il saura que cette femme qu'il croit laide... vieillotte, louche... est la mienne... c'est-à-dire un trésor de jeunesse et de beauté ?... Mais aussi c'est sa faute... Pourquoi diable me charger d'une pareille mission?... Etait-elle gentille, ce premier soir à l'Opéra... Je n'en dormis pas de toute la nuit.... et ma foi... le lendemain quand il s'agit d'écrire à de Lorge... (Apercevant Louise qui parait au fond avec Pauline.) La voilà! si je pouvais l'éloigner. (Haut.) Déjà de retour?

PAULINE *.

Nous n'avons trouvé personne.

LOUISE.

Madame Richard est à Paris?

MIRON, à part.

Le grand air lui a donné des couleurs... Et puis cette toilette... Elle est encore plus jolie. (Haut.) Alors va te déshabiller.

LOUISE.

Comment?

MIRON.

Ote cette robe qui est affreuse.

LOUISE, étonnée.

Hein?

PAULINE.

Tout à l'heure vous la trouviez charmante.

MIRON.

Tout à l'heure... tout à l'heure... C'est comme cette coiffure.

* Miron, Louise, Pauline.

LOUISE.

Qu'y trouves-tu à redire?

Elle va à la glace, placée au-dessus de la cheminée *.

MIRON.

Va mettre un bonnet... n'importe quoi.

PAULINE.

Un bonnet?

MIRON.

On ne se coiffe pas à la campagne comme à la ville... les cheveux en l'air.

BRIQUET, entrant par le fond, à droite.

Monsieur?

MIRON.

Quoi?

BRIQUET.

Comme la chambre rouge n'était pas prête, j'ai installé monsieur votre ami dans la chambre verte.

MIRON, avec humeur à Briquet.

C'est bien, va-t'en...

BRIQUET, à part.

Il n'a pas l'air content du tout.

Il sort.

LOUISE.

Quel ami?

MIRON, à Louise.

Tu ne le connais pas... un officier de marine, un ancien camarade de collége... Il va s'en aller.

LOUISE.

Du tout... s'il est venu pour te voir, il faut le retenir.

PAULINE.

Le garder quelques jours.

MIRON.

Impossible... il n'a qu'un congé de six mois.

PAULINE, riant.

Eh bien?

* Louise, Miron, Pauline.

LOUISE.

Ah ! je comprends maintenant le procès que tu faisais à ma robe... à ma coiffure... Rassure-toi... je vais aller faire une toilette éblouissante *...

MIRON.

Mais non... mais non... (A part.) Elle n'est que trop jolie comme cela.

LOUISE, remontant vers la porte de gauche.

Pour plaire à ton ami.

MIRON.

Je te le défends.

SCÈNE V

LES MÊMES, DE LORGE.

DE LORGE, entrant **.

Eh bien !... Miron... tu te fâches... (Saluant.) Mesdames.

LOUISE et PAULINE.

Monsieur...

MIRON, à part.

Que le diable l'emporte !

DE LORGE, à part.

Charmantes toutes les deux.

LOUISE, à Miron.

Mon ami, présente-nous donc.

DE LORGE, à part.

Ah ! sa femme !

MIRON, très-troublé.

C'est juste. (Présentant Pauline.) Madame Pauline Désormes... notre cousine... veuve de Pierre-Auguste Désormes... de son vivant receveur particulier.

PAULINE, riant.

Mais ce n'est ni de moi, ni de mon mari qu'il s'agit.

* Pauline, Louise, Miron.

** Louise, Pauline, Miron, de Lorge.

LOUISE, à part *.

Qu'est-ce qu'il a?

MIRON, présentant Louise.

Madame Miron, (Très-troublé.) ma femme **.

DE LORGE.

Madame!... (A part.) Ravissante! Que me disait-il donc? (Haut.) Permettez-moi, mesdames de me présenter moi-même... René de Lorge... officier de marine... retour du Japon... quatre campagnes, dix ans de services... et ce qui vous intéressera davantage, vingt ans de bonne et vieille amitié avec ce brave, cet excellent Miron.

LOUISE.

Je sais, monsieur, que vous avez un congé.

DE LORGE.

De six mois.

LOUISE.

J'espère que vous voudrez bien nous en consacrer une partie?

MIRON, à part.

Bon...

DE LORGE.

C'est que je crains d'être indiscret.

LOUISE.

Je vous en prie.

MIRON, bas à Louise.

Assez.

PAULINE.

Vous nous raconterez vos voyages... vos batailles...

MIRON, bas à Pauline.

Assez...

LOUISE, à Delorge.

Ainsi, c'est convenu.

MIRON, bas à Louise.

Assez donc.

* Pauline, Louise, Miron, de Lorge.

** Pauline, Miron, Louise, de Lorge.

DE LORGE, s'inclinant.

Volontiers, madame. (A part.) Elle est adorable.

LOUISE.

Mais vous devez avoir à causer avec mon mari, nous vous laissons.

DE LORGE, les saluant.

Mesdames.

LOUISE, bas à Miron.

Ne boude plus, je vais mettre ma robe rose.

MIRON, bas à Louise.

Je ne veux pas.

LOUISE.

Tu préfères la blanche, soit.

MIRON.

Mais...

LOUISE, bas à Miron.

C'est convenu.

Elle entre à gauche avec Pauline.

MIRON, à part, anéanti.

Une toilette délicieuse... qui la fait ressembler à une vierge de Raphaël !

SCÈNE VI

MIRON, DE LORGE.

DE LORGE *.

T'es-tu assez moqué de moi ?

MIRON.

Comment ?

DE LORGE.

Passe-moi le mot... mais tu es un fier blagueur.

MIRON.

Hein !

* Miron, de Lorge.

DE LORGE.

Ta femme est ravissante, qu'est-ce que tu me disais donc ?

MIRON.

Moi, je ne t'ai rien dit.

DE LORGE.

Quand je t'ai demandé si elle était jeune et jolie, tu as fait heu ! heu ! tout le temps.

MIRON.

J'ai fait heu... heu... parce que... c'est possible... ma femme n'est pas mal.

DE LORGE.

Un vrai bijou !... où as-tu déniché ce trésor-là ?

MIRON.

Ah ! un trésor... sans doute la jeunesse... la beauté... mais le caractère, mon ami... le caractère...

DE LORGE.

Ah bah ! est-ce que madame Miron...

MIRON, à part.

J'y suis. (Haut, avec un soupir.) Le caractère le plus... Tiens, quand tu es entré, nous nous disputions.

DE LORGE.

En effet, j'ai entendu.

MIRON.

C'est comme cela toute la journée... à la moindre contrariété, elle se fâche, elle crie.

DE LORGE.

Et tu ne dis rien ?

MIRON.

Je crie aussi... alors elle casse... elle brise.

DE LORGE.

Ainsi, ton intérieur...

MIRON.

Un enfer, mon ami... un véritable enfer.

DE LORGE, lui serrant la main.

Pauvre garçon !... Ah ! dis-moi... où est ton bureau ? Puisque je vais passer quelques jours avec toi, il faut que je prévienne tout mon monde à Paris, que j'écrive au ministère.

MIRON.

C'est juste. (A part.) Il s'installe.

DE LORGE.

A propos, ton oncle est toujours secrétaire général à la marine?

MIRON.

Toujours.

DE LORGE.

Si j'avais besoin de lui... je puis compter sur toi?

MIRON.

Certainement. (Désignant la droite.) Tiens, entre là, tu trouveras du papier, des plumes.

DE LORGE.

Merci... et du courage, sarpejeu!... du courage.

MIRON, le conduisant.

Il m'en faut, mon ami, il m'en faut...

De Lorge entre à droite, premier plan.

SCÈNE VII

MIRON, puis LOUISE.

MIRON, souriant.

Mon plan est bien simple... Oh! ma femme!

LOUISE, désignant sa toilette *.

Eh bien! monsieur, suis-je à votre goût?

MIRON.

Délicieuse; mais tu as eu tort.

LOUISE.

Non, monsieur... Le devoir d'une femme est de plaire aux amis de son mari.

Elle va à la glace.

* De Lorge, Miron.

MIRON.

Sans doute... seulement puisque de Lorge n'est pas là... laisse-moi te dire... Certainement... c'est un charmant garçon...

LOUISE.

Charmant.

MIRON.

Oui... mais tu ne le connais pas encore ; il a été ce que l'on appelle gâté par les femmes... Aussi, il est un peu... je ne dirai pas fat... mais vaniteux.

LOUISE, *désappointée.*

Ah !

MIRON *.

Sois polie avec lui... mais réservée... un peu froide même.

LOUISE

Ne crains rien, je saurai le tenir à distance.

MIRON.

Ah ! autre chose... ne prononce jamais devant lui le nom de ton père.

LOUISE.

Monsieur Cavalier ?

MIRON.

Chut ! (A part.) S'il l'entendait, tout serait découvert.

LOUISE.

Pourquoi ?

MIRON.

Je ne sais... mais il paraît qu'autrefois, il s'est passé quelque chose de terrible... entre eux... Dès qu'il entend ce nom il bondit.

LOUISE.

Vraiment ?

MIRON.

Tout à l'heure, en lui racontant notre mariage, j'ai eu l'imprudence de le prononcer. Il m'a sauté à la gorge... j'ai cru qu'il m'étranglait.

* Miron, de Lorge.

LOUISE.

Oh! il est donc violent?

MIRON.

Violent... non... brutal... Ah! autre chose encore, as-tu du rhum?

LOUISE.

Du rhum! nous n'en buvons jamais.

MIRON.

Envoies-en chercher douze bouteilles.

LOUISE.

Douze bouteilles!...

MIRON.

Commence par six si tu veux, mais ça ne durera pas longtemps.

LOUISE.

Il boit donc, et du rhum?

MIRON.

Une habitude d'enfance... Ah! fais prendre aussi du tabac... quatre ou cinq livres... des pipes.

LOUISE.

Il fume la pipe?

MIRON.

Du matin au soir.

LOUISE.

Mais j'espère qu'il ne fumera pas dans mon salon?

MIRON.

Il fume partout... A part cela, c'est un très-aimable homme...

LOUISE.

Aimable... aimable... Enfin, c'est ton ami... je vais donner des ordres.

MIRON, à part.

Très-bien... (A sa femme qui sort par le fond.) N'oublie pas le rhum... six bouteilles...

SCÈNE VIII

MIRON, puis BRIQUET, puis DE LORGE.

MIRON, radieux.

Parfait... ils se détestent déjà... me voilà tranquille... Si de Lorge finit par savoir la vérité, il ne m'en voudra plus d'avoir pris sa place... il ne la regrettera pas... Il va venir, continuons mon rôle. Ah! ce vase!...

Il prend un vase sur la cheminée et le brise en le jetant à terre.

BRIQUET, paraissant au fond, à part.

Tiens ! ..

MIRON.

Quoi ?...

BRIQUET.

Monsieur, c'est votre architecte.

MIRON.

Qu'il attende!... laisse-moi...

BRIQUET.

Bien, monsieur...

Il s'éloigne.

MIRON.

Ah! cette jardinière!...

Il renverse la jardinière.

BRIQUET, à part, au fond, l'observant.

Qu'est-ce qu'il fait donc? Il casse tout...

Il disparaît.

MIRON, prêtant l'oreille.

C'est lui !... Ah! cette porte... (Il ferme avec violence la porte de gauche. — S'adressant à la porte avec colère.) C'est insupportable... intolérable.

DE LORGE, paraissant à droite.

Eh bien!.. Qu'est-ce qu'il y a encore? ce bruit... ce vacarme.

MIRON, d'un air triste, tombant sur le canapé *.

Rien, mon ami.

DE LORGE.

Encore une scène ?

MIRON.

Toujours... quelques observations que j'ai voulu lui faire sur ses dépenses de toilette, plus de six mille francs depuis le commencement de l'année.

DE LORGE.

Six mille francs !

MIRON, se levant.

Elle est sortie furieuse, en frappant les portes.

BRIQUET, reparaissant au fond.

Monsieur!... votre architecte...

MIRON.

J'y vais.

Briquet sort.

DE LORGE.

Ah! tu fais faire des travaux?

MIRON.

C'est ma femme qui me tourmente. Des fantaisies ruineuses... un kiosque chinois... une grotte avec stalactites... Que sais-je ? dix mille francs.

DE LORGE.

Dix mille francs... refuse.

MIRON.

Impossible... elle casse tout... (En montrant le vase brisé.) Tiens, regarde.

DE LORGE **.

Saperlotte ! un vase de Chine.

MIRON, d'un air désolé.

Voilà mon intérieur... aussi je n'ose pas te conseiller de prolonger ton séjour.

DE LORGE.

Au contraire.

* Miron, de Lorge.

** De Lorge, Miron.

MIRON, à part.

Hein!

DE LORGE.

Mon devoir d'ami exige que je ne quitte pas...

MIRON.

Comment?

DE LORGE.

Je verrai ta femme... je lui parlerai.

MIRON, vivement.

Oh! c'est inutile... tout à fait inutile.

DE LORGE.

N'importe!... tu n'es pas heureux, je dois être là pour te consoler... te donner du courage...

MIRON, à part.

Sapristi! il reste...

DE LORGE.

Mais ton architecte t'attend... ne te gêne pas pour moi.

MIRON, très-troublé.

Oui... je vais... (A part.) Oh! quelle idée! oui, c'est cela, vite une dépêche à mon oncle... au ministère de la marine. (Haut.) Je reviens, mon ami, je reviens.

DE LORGE.

Ne te presse pas. Fais tes affaires.

Miron sort.

SCÈNE IX

DE LORGE, puis LOUISE, et PAULINE.

DE LORGE, s'asseyant sur le divan et prenant le journal.

Pauvre Miron!... il paraît que sa femme n'est pas aimable tous les jours .. C'est dommage... car elle est vraiment bien jolie... Des yeux, une taille... ah! si ce n'était pas la femme d'un vieil ami... je crois que j'en deviendrais facilement amoureux.

Louise et Pauline entrent par le fond, avec d'énormes bouquets à la main.

PAULINE, riant *.

Ton mari sera furieux, nous avons cueilli toutes ses roses.

DE LORGE, se levant.

Mesdames.

LOUISE, à part.

Dans ce salon!... Quel ennui...

Elle va placer son bouquet dans un vase sur le piano.

DE LORGE.

Les magnifiques bouquets !

PAULINE, plaçant aussi son bouquet dans un vase sur le piano.

Nous avons dévasté le jardin.

DE LORGE, à part, regardant Louise toujours au piano.

Quelle ravissante tournure !

BRIQUET, entrant avec un panier de six bouteilles, et un plateau sur lequel se trouvent des verres, des paquets de tabac, des pipes.

Monsieur, voilà la chose.

DE LORGE **.

Quel est cet attirail ? Du rhum ! du tabac, des pipes !... Pour qui donc tout cela ?

LOUISE, toujours au piano.

Mais pour vous, monsieur.

DE LORGE, étonné.

Pour moi ?

LOUISE.

Mon mari m'a dit que vous fumiez du matin au soir... et que vous aviez pris l'habitude de ne boire que du rhum.

DE LORGE.

Pure invention ! ou plutôt prévenance de sa part... Cela va peut-être vous sembler bizarre, mesdames... un marin qui ne fume ni ne boit... Mais je vous déclare sur l'honneur, que je ne me suis jamais grisé de ma vie... et que j'ignore quel est le goût d'un cigare.

* De Lorge, Louise, Pauline.

** De Lorge, Pauline, Louise.

LOUISE et PAULINE, se regardant.

Tiens.

DE LORGE.

Briquet, remporte ton plateau.

BRIQUET.

Volontiers... monsieur... Et le rhum aussi ?

DE LORGE.

Le rhum aussi.

BRIQUET.

Voilà, monsieur. (A part.) Ça me reviendra.

Il entre à gauche.

LOUISE, à part.

Pourquoi mon mari a-t-il inventé tout cela ?

Elle vient s'asseoir près de la table.

DE LORGE, à part.

Si j'essayais .. Pourquoi pas ? (Haut, à Louise.) Ce brave Miron a cru me faire plaisir... c'est un si bon camarade... un véritable ami... et puisqu'il n'est pas là, permettez-moi, madame, de vous demander l'autorisation de lui rendre un grand service.

LOUISE, étonnée.

Quoi donc... monsieur ?

DE LORGE.

Souffrez que, par amitié pour lui... dans l'intérêt de son bonheur, je vous fasse entendre certaines paroles que je n'ai peut-être pas le droit de vous adresser.

LOUISE.

Je ne vous comprends pas, monsieur, expliquez-vous.

DE LORGE.

Miron n'est pas heureux.

LOUISE, vivement.

Pas heureux ?

DE LORGE.

Autant du moins qu'il mérite de l'être...

LOUISE.

Il vous l'a dit?

DE LORGE.

Oui.

LOUISE, étonnée.

Mais qu'a-t-il donc? des chagrins... des peines qu'il ne m'a jamais confiées?

DE LORGE.

Et qu'il dépend de vous de lui éviter.

LOUISE, vivement, en se levant.

De moi? Oh! parlez vite. Il n'est pas de sacrifice que je ne sois prête à faire pour lui.

DE LORGE.

Vraiment? Eh bien! commencez par renoncer au kiosque.

LOUISE, étonnée.

Au kiosque?

DE LORGE.

Et à la grotte.

PAULINE.

Quelle grotte?

DE LORGE.

Les stalactites... coûtent fort cher.

LOUISE.

Les stalactites?... Je ne vous comprends pas du tout.

DE LORGE.

Cependant l'architecte est là.

LOUISE.

Je sais bien; pour une niche à lapins que mon mari s'obstine à vouloir faire faire.

PAULINE.

Et que Louise désapprouve complétement.

DE LORGE.

Comment! vous n'avez pas exigé de Miron un kiosque, une grotte?

LOUISE.

Je n'en ai jamais parlé.

DE LORGE, à part.

Ah! ça, qu'est-ce qu'il m'a donc chanté, cet animal?

PAULINE, riant.

Et c'est cela qui le rend si malheureux?

DE LORGE.

Cela... et autre chose.

LOUISE.

Mais quoi donc ?

DE LORGE.

Eh bien ! vos dépenses de toilette.

LOUISE.

Comment ? Mais c'est lui qui veut absolument me donner deux cents francs par mois. Je lui dis toujours que c'est trop, que je n'en dépense pas la moitié.

PAULINE.

Il n'en veut rien rabattre.

DE LORGE, à part.

Mais c'est un trésor que cette femme-là ! qu'est-ce qu'il m'a donc dit ? (Haut.) Cependant ce matin vous avez eu une scène.

LOUISE, riant.

Une scène ! mais depuis deux ans que nous sommes mariés, nous ne savons pas encore ce que c'est.

PAULINE, accentuant.

Pas le plus léger nuage.

DE LORGE.

Ah ! permettez. (Désignant le vase brisé.) Ce vase que vous avez brisé.

LOUISE.

Moi ? (L'apercevant.) Ah ! ma potiche !

PAULINE.

En morceaux.

DE LORGE.

Comment, ce n'est pas vous ?

LOUISE.

Mais non, monsieur, je suis sûr que c'est Briquet.

Elle sonne.

PAULINE.

Il n'en fait jamais d'autres.

SCÈNE X

LES MÊMES, BRIQUET.

BRIQUET, entrant *.

Madame a sonné...

LOUISE.

C'est vous qui avez cassé ma potiche?

BRIQUET.

Non, madame...

LOUISE.

Qui donc alors ?...

BRIQUET.

C'est monsieur...

TOUS.

Monsieur !...

BRIQUET.

J'étais là... dans le jardin, quand j'ai vu monsieur qui cassait la potiche... qui renversait la jardinière, qui frappait la porte.

LOUISE.

Pourquoi?

BRIQUET.

Je n'en sais rien... il était seul...

LOUISE, à de Lorge.

Et il vous a dit que c'était moi ?...

DE LORGE.

Dame !... oui...

LOUISE, à Briquet.

Ramassez cela. (A Pauline.) Mais que signifie ?...

PAULINE à Louise.

J'y vois clair... Ton mari est jaloux.

* De Lorge, Briquet, Louise, Pauline.

LOUISE, souriant, en remontant.

Jaloux... oh! pauvre ami!... (A Briquet qui a ramassé les morceaux.) Donnez-nous tout cela... nous verrons s'il n'y a pas moyen de faire recoller ces morceaux.

PAULINE.

Ce ne sera pas facile...

DE LORGE.

On fait si bien du neuf avec du vieux aujourd'hui.

LOUISE, à de Lorge.

Vous permettez...

DE LORGE, les saluant.

Mesdames.

Elles rentrent à gauche en emportant les morceaux. Briquet relève la jardinière, et remet tout en ordre. Il vient balayer devant la cheminée les éclats de la potiche.

SCÈNE XI

DE LORGE, BRIQUET.

DE LORGE, à part *.

Que veut dire tout ceci? Je n'y comprends rien.

BRIQUET.

Un si beau vase!... C'est monsieur Cavalier qui ne sera pas content.

DE LORGE, vivement.

Monsieur Cavalier... qui, monsieur Cavalier?

BRIQUET.

Le père de madame. C'est un cadeau qu'il avait fait à sa fille.

DE LORGE.

Madame Miron était mademoiselle Louise Cavalier?

BRIQUET.

Oui, monsieur.

* Briquet, de Lorge.

DE LORGE.

Fille de monsieur Cavalier, notaire à Paris?

BRIQUET.

Rue de Provence, oui, monsieur.

DE LORGE.

Oh!

BRIQUET, à part.

Qu'est-ce qu'il a donc?

DE LORGE.

C'est bien, laisse-moi.

BRIQUET, à part.

Il n'a pas l'air content, lui non plus...

DE LORGE, avec force.

Va-t'en donc...

BRIQUET.

Voilà, monsieur... voilà. (A part.) Pas content du tout.

Il sort par le fond.

SCÈNE XII

DE LORGE, seul, se promenant avec agitation.

Tout s'explique!.. quelle trahison!.. Et j'aurais des scrupules... des remords de conscience... J'hésiterais à faire à la cour à sa femme, ou plutôt à ma femme... car enfin c'est à moi qu'elle devrait appartenir. Je suis dans mon droit en cherchant à regagner mon bien. La voilà! ah! tu m'as fait passer pour buveur, fumeur... attends un peu.

SCÈNE XIII

DE LORGE, LOUISE.

LOUISE, entrant par la gauche*.

Tiens, vous êtes encore seul... Monsieur de Lorge... mon mari, n'en finit donc pas avec son architecte?

Elle dispose son métier à broder et s'assied sur le canapé.

* Louise, de Lorge.

DE LORGE.

Et je l'en remercie, madame... puisqu'il me permet ainsi de rester un instant avec vous.

LOUISE, à part, s'asseyant.

Ah! le petit doigt de cour obligé... Miron m'a prévenue, (Haut.) Passez-moi donc ma corbeille, je vous prie.

DE LORGE, allant prendre la corbeille sur une table, à part.

Ah! tu m'as noirci auprès de ta femme, je te changerai en nègre. (Haut.) Voilà, madame... Ce sont des pantoufles que vous brodez là?

LOUISE.

Précisément. (Regardant de Lorge qui rit.) Pourquoi riez-vous?

DE LORGE.

Un souvenir... de pantoufles... qui me revient... et qui amuserait Miron... s'il était là.

LOUISE.

Vraiment.

DE LORGE.

Un de ses amis... auquel pour sa fête... la Saint-Louis...

LOUISE.

C'est celle de mon mari.

DE LORGE, à part.

Je le sais bien. (Haut.) On envoya trois paires de pantoufles... signées de trois noms différents. Paquita, pantoufles rouges... Juliette, pantoufles vertes... Nini, pantoufles jaunes...

LOUISE.

C'est drôle. .

DE LORGE.

N'est-ce pas?... Mais voilà où la situation devient singulière... A chaque visite qu'il recevait, il s'agissait de changer de pantoufles.

LOUISE, riant.

De ne pas se tromper de couleur.

DE LORGE.

Jugez de l'embarras de ce pauvre Miron...

LOUISE, *vivement.*

Hein ?

DE LORGE, *se reprenant.*

Je veux dire... de ce pauvre garçon... Enfin un jour...

LOUISE, *avec un grand calme.*

Pardon... (*Indiquant la table.*) Veuillez me donner mes ciseaux, je vous prie.

DE LORGE, *se relevant.*

Oui, madame... enfin un jour...

LOUISE.

Ah! laissez votre histoire de pantoufles... elle ne saurait m'intéresser puisque je n'en connais pas le héros.

DE LORGE, *à part.*

Elle l'a parfaitement reconnu... Voici, madame.

LOUISE.

C'est un de ces épisodes comme il doit s'en rencontrer souvent dans cette vie de garçon que vous aimez tant.

DE LORGE.

Vous vous trompez, madame... pour moi je la déteste.

LOUISE.

Alors, pourquoi ne vous mariez-vous pas?...

DE LORGE.

Parce que j'ai pour principe qu'on ne doit épouser qu'une femme qu'on aime.

LOUISE.

Vous avez raison...

DE LORGE.

Et que celle que j'aime est mariée...

LOUISE, *à part.*

Nous y voilà. (*Haut.*) Oh! c'est malheureux... Et monsieur Miron votre ami... votre confident... connaît sans doute l'objet de cette violente passion ?

DE LORGE.

Non, madame... Miron est le seul auquel il m'est interdit d'en parler...

LOUISE.

Pourquoi donc cela ?

DE LORGE.

Parce qu'au portrait que je lui en ferais, il pourrait vous reconnaître.

LOUISE.

Moi ?...

DE LORGE.

Eh bien ! oui, madame, puisque vous m'y forcez, je vous avouerai que depuis le moment où vous m'êtes apparue, je suis amoureux... amoureux fou... D'ailleurs, qui ne le deviendrait pas en voyant tant de charmes, de grâces ?

LOUISE, riant.

Combien cette phrase vous a-t-elle déjà servi de fois ?

DE LORGE, troublé.

Mais...

LOUISE, riant.

Savez-vous que vous n'êtes pas très-adroit pour un séducteur émérite ?

DE LORGE.

Comment ?

LOUISE.

Chercher à exciter la jalousie de la femme, en prêtant des intrigues au mari... en inventant une histoire de pantoufles... (Riant.) Mais c'est l'ancienne méthode qui ne sert plus depuis longtemps.

DE LORGE, à part.

Diable !... ça se gâte !... (Haut.) Je vous le répète, madame, j'aime comme un fou... et si vous ne répondez pas à mon amour...

LOUISE, riant.

Vous êtes capable de vous brûler la cervelle... Être aimé ou mourir... c'est une ancienne pièce de Scribe.

DE LORGE.

Vous plaisantez, madame.

LOUISE, se relevant.

Ne serait-ce pas vous offenser que de prendre vos paroles au sérieux?... Comment, vous, un vieil ami de Miron, à peine arrivé, vous n'auriez qu'une pensée, celle de le trahir ?

DE LORGE.

Eh ! madame... il est des cas où la trahison...

LOUISE, voyant entrer Miron.

Mon mari !... cessons ce badinage...

DE LORGE, à part.

Oh ! je ne me tiens pas pour battu...

SCÈNE XIV

LES MÊMES, MIRON, PAULINE.

MIRON, entrant un papier à la main ; à de Lorge.

Une dépêche qu'on vient d'apporter pour toi...

DE LORGE *.

Une dépêche...

MIRON.

Du ministère de la marine... (Bas à Louise.) La réponse à celle que j'avais envoyée à mon oncle. Il va partir.

LOUISE, à Miron.

Je n'en serais pas fâchée... Croirais-tu qu'il vient de me faire une déclaration ?

MIRON, à part.

Bah ! heureusement qu'avant une heure...

DE LORGE, après avoir parcouru la dépêche.

Ah ! mon Dieu !

TOUS.

Quoi donc ?

DE LORGE.

Ordre de regagner l'escadre...

MIRON.

Partir pour Brest !... (A part.) Excellent oncle !... (Haut.) Oh ! quel ennui ! moi qui comptais te garder ici deux ou trois mois.

DE LORGE, à part, réfléchissant.

Mais cette dépêche est de son oncle... Je devine... il lui

* Pauline, Louise, Miron, de Lorge.

aura demandé de m'éloigner. Ah! le traître! (Haut, en serrant la main à Miron.) Rassure-toi... je ne partirai pas...

MIRON.

Comment ?...

DE LORGE.

Je donne ma démission.

TOUS

Hein?

MIRON, à part.

Sapristi! je n'avais pas pensé à ça!...

DE LORGE.

J'écrirai aujourd'hui même au ministre.

LOUISE, à part, riant.

Bien réussi.

Elle s'assied sur le canapé.

MIRON, à part.

Il s'installe. (Haut.) Viens-tu voir mon jardin?

DE LORGE.

Non!... je préfère la société de ces dames.

PAULINE, qui s'est assise et travaille près de Louise, sur le canapé.

C'est cela... monsieur de Lorge va nous raconter quelque épisode de ses voyages.

MIRON, bas à Pauline.

Assez.

PAULINE.

Quelque histoire du Japon.

MIRON, bas à Pauline.

Assez donc.

DE LORGE.

J'en connais précisément une, mesdames... qui vous amusera. (A Miron.) Toi aussi *.

MIRON.

Ah! le Japon!

DE LORGE.

Assieds-toi donc... C'est très-intéressant. C'est celle d'un certain taïcoum et...

* Pauline, Louise, sur le canapé, de Lorge, assis près d'elle, Miron.

PAULINE.

Taïcoum ?

DE LORGE.

Autrement dit empereur... empereur du Japon... Notre taïcoum avait entendu citer la fille d'un prince comme une des plus belles personnes du Japon. (A Miron.) Assieds-toi donc. (Miron s'assied, à droite près de la table.) Obligé de partir, il chargea l'un de ses favoris de voir la jeune personne... dont il songeait déjà à faire sa femme et de lui écrire ce qu'il en pensait...

MIRON, à part, s'agitant sur sa chaise.

Hein?

DE LORGE.

Ne remue donc pas, tu me troubles.

LOUISE.

Miron... reste tranquille.

PAULINE.

Continuez... ça devient très-intéressant..

DE LORGE.

Le favori vit la jeune personne et la trouva cent fois plus belle qu'on ne l'avait dit... Or, savez-vous, mesdames, ce que fit... cet ami véritable?

LOUISE.

Voyons...

DE LORGE.

Il écrivit à son souverain une petite lettre, très-laconique... à peu près en ces termes... « Laide... air vieillot... taches de rousseur... œil qui s'égare. »

LOUISE et PAULINE.

Oh!

MIRON, se levant.

Il sait tout...

DE LORGE.

Eh bien, Miron... où vas-tu?

MIRON, très-troublé.

Mais... je...

DE LORGE.

Ecoute la fin... Voici le plus fort, mesdames... Le favori ne se contenta pas d'avoir trompé le taïcoum... il épousa lui-même la jeune fille.

LOUISE.

Par exemple!...

PAULINE.

Quelle indignité!

DE LORGE, à Miron qui, pour se donner une contenance, tousse et se mouche avec fracas.

Tu t'enrhumes!...

LOUISE.

Lorsque le taïcoum découvrit la chose il dut être furieux.

PAULINE.

A sa place, je me serais vengé.

DE LORGE.

C'est ce qu'il fit. .oh! bien simplement... Comme cadeau de noce, il donna une bague à son favori.

MIRON, à part, regardant la bague que de Lorge lui a donnée.

Hein!... une bague!

DE LORGE.

Il la lui mit au doigt... ce qui fit que quelques heures après, le favori était mort, car la bague était empoisonnée.

MIRON, poussant un cri.

Ah!

TOUS, se levant *.

Quoi donc?

MIRON, cherchant à retirer sa bague.

Cette bague!... Impossible de la retirer... mon doigt a gonflé.

LOUISE.

Une bague.

DE LORGE.

Un cadeau que je lui ai rapporté du Japon. (Riant.) Ne crois-tu pas qu'elle est empoisonnée?

LOUISE, riant.

Rassure-toi... monsieur de Lorge n'est pas un taïcoum.

* De Lorge, Pauline, Louise, Miron.

PAULINE, riant.

Il ne vous a pas envoyé en ambassade.

DE LORGE.

Tu ne m'as pas pris ma femme...

MIRON, retirant sa bague.

Ah ! la voilà !

LOUISE, la prenant.

Magnifique...

PAULINE, riant.

Nous allons vous envoyer un verre d'eau avec de la fleur d'oranger.

Elle remonte.

LOUISE, montrant la bague.

Je la garde ! (La mettant à son doigt.) Tant pis !... je me risque.

DE LORGE.

Quel courage !

Pauline et Louise entrent à gauche.

MIRON.

Je vais prendre l'air.

SCÈNE XV

DE LORGE, MIRON *.

DE LORGE.

A nous deux... Tu vois que je sais tout... Qu'as-tu à répondre?

MIRON, très-embarrassé, tombant sur une chaise près de la table.

Dame, mon ami... que veux-tu? on n'est pas maître de son cœur... La première fois que je vis ma femme...

DE LORGE.

La mienne.

MIRON.

Hein ?

* De Lorge, Miron.

DE LORGE.

A ce moment-là, c'était la mienne... Dis la nôtre.

MIRON, ahuri.

Comment, la nôtre?

DE LORGE.

Enfin, continue.

MIRON, très-troublé.

Et puis ce que j'ai fait... c'était dans ton intérêt.

DE LORGE

Mon intérêt?

MIRON.

Tu m'avais dit que si tu te mariais, tu abandonnerais la carrière maritime... Tu étais déjà dans une jolie position... Alors je me suis dit : s'il ne se marie pas, il partira... il sera décoré.

DE LORGE.

Assez... Ce que tu as fait est indigne... de la part d'un ami surtout... aussi ça ne se passera pas comme ça...

MIRON, à part, effrayé.

Hein?

DE LORGE.

Tu t'es conduit envers moi d'une façon déloyale et indélicate. J'agirai de même à ton égard.

MIRON, se relevant.

Que veux-tu dire ?

DE LORGE.

Tu as abusé de ma confiance pour me tromper... Eh bien!... j'emploierai tous les moyens pour te tromper à mon tour...

MIRON.

Comment?

DE LORGE.

C'est bien simple... Ta femme est charmante... tu me l'as enlevée... je te l'enlèverai...

MIRON.

Mais...

DE LORGE.

Oh! je ne te prends pas traître... je te préviens... J'ai commencé à lui faire la cour... et je continuerai *.

MIRON.

Ah! permets...

DE LORGE.

Je sais que ta femme est honnête... mais il y a toujours dans la vie des femmes un moment de crise...

MIRON, suppliant.

De Lorge... mon ami...

DE LORGE.

Après tout, c'est mon droit.

MIRON.

Ton droit?...

DE LORGE.

Est-ce que ce n'est pas moi qui devrais être le mari de ta femme?

MIRON, ahuri.

Certainement.

DE LORGE.

J'aurais fait son bonheur aussi bien que toi... mieux peut-être... Je n'ai pas ta fortune... c'est possible... mais je l'aurais entourée de tant de soins... de prévenances...

MIRON.

Je t'assure... qu'elle est heureuse...

DE LORGE.

Ce n'est pas moi qui serais venu l'enfermer ici dans dans un village... été comme hiver... loin des plaisirs de Paris.

MIRON.

C'est que tu ne sais pas...

DE LORGE.

Quoi?

MIRON.

Non... rien...

* Miron, de Lorge.

DE LORGE, *passant.*

Tu es jaloux... belle raison pour cloitrer une femme !... Tiens, veux-tu que je te dise, tu n'es qu'un égoïste.

MIRON.

Moi... égoïste?

DE LORGE.

Adieu !

MIRON.

Tu pars...

DE LORGE.

Je vais d'abord envoyer ma démission au ministre ; nous verrons après (*Entrant à droite*). Tu es prévenu, tiens-toi sur tes gardes...

SCÈNE XVI

MIRON, *puis* LOUISE, *puis* PAULINE.

MIRON, *seul.*

Sa démission !... et ensuite, il attendra l'heure de la crise, comme il dit... Mais que faire ? (*Se promenant avec agitation.*) C'est à devenir fou...

LOUISE, *entrant avec un verre d'eau* *.

Tiens ! voilà pour te calmer...

MIRON, *prenant le verre d'eau et gesticulant avec.*

Me calmer !... impossible !

LOUISE.

Mais qu'as-tu donc? Pourquoi ce trouble?... Est-ce cette déclaration dont je t'ai parlé... mais j'ai pris tout cela en riant... et sois bien persuadé que s'il recommençait...

MIRON.

Il recommencera. Ah ! quelle idée ! Va faire tes malles...

LOUISE.

Mes malles !

* Louise, Miron.

MIRON.

Oui... Briquet m'aidera à faire les miennes... nous allons partir...

Il remonte vers la gauche.

LOUISE *.

Partir... pour où?

MIRON.

Pour la Suisse... la Russie, n'importe!

LOUISE.

Ah ça! tu deviens fou...

MIRON, avec attendrissement.

Louise... m'aimes-tu?

LOUISE.

Si je t'aime... mais tu le sais bien...

MIRON, pleurant.

Alors, partons, je t'en supplie.

Il entre à gauche.

PAULINE, qui est entrée par le fond, à Louise.

Qu'est-ce qu'il a?... Il pleure.

LOUISE.

Il perd la tête... Il veut absolument que nous partions.

PAULINE.

Partir...

MIRON, reparaissant à gauche.

Louise!...

LOUISE.

Voilà, mon ami...

Elle entre à gauche avec Miron.

SCÈNE XVII

PAULINE, puis DE LORGE.

PAULINE **.

Qu'est-ce que tout cela signifie? (Voyant de Lorge qui entre

* Miron, Louise.
** Pauline, Miron.

par la droite un papier à la main.) Ah ! monsieur de Lorge !... que s'est-il donc passé?... qu'a mon cousin?

DE LORGE.

Miron !...

PAULINE.

Il veut absolument partir.

DE LORGE, étonné

Ah !

PAULINE.

Tâchez de le calmer... vous, son ami...

DE LORGE.

Son ami... je l'étais...

PAULINE.

Et vous ne l'êtes plus... ah ! je comprends. Il faut lui pardonner. Que voulez-vous ? il est jaloux. Il aime tant sa femme.

DE LORGE.

Oh ! il l'aime... singulière façon de lui prouver son amour que de l'exiler dans ce pays.

PAULINE.

Il ne vous a donc pas raconté l'histoire de son mariage ?

DE LORGE.

Je la connais ; l'entrevue de l'Opéra.

PAULINE.

Oh ! pas cela...

DE LORGE.

Quoi donc ?

PAULINE.

Il est si bon, si généreux qu'il n'en parle jamais. C'était huit jours avant la signature du contrat. — Tout était arrêté, convenu, quand monsieur Cavalier, le père de Louise, se trouva tout à coup compromis, perdu... Une somme considérable lui avait été enlevée.. Il écrivit immédiatement à Miron pour lui rendre sa parole. Savez-vous ce que fit mon cousin ?

DE LORGE.

Il refusa de la reprendre.

PAULINE.

Mieux que cela .. Il mit sa fortune entière à la disposition du père de Louise.

DE LORGE.

Ah !

PAULINE.

Et monsieur Cavalier fut sauvé... grâce aux deux cent mille francs que mon cousin lui prêta.

DE LORGE.

Deux cent mille francs ?

PAULINE.

Qu'il lui doit encore... c'est ce qui vous explique pourquoi, depuis leur mariage, ils vivent à la campagne.

DE LORGE.

Miron a fait cela ?

PAULINE.

Par amour pour sa femme, oui, monsieur, et je ne crains pas de dire que bien des gens n'en auraient pas fait autant.

DE LORGE

Moi le premier.

PAULINE.

Vous !...

DE LORGE, souriant et portant la main à ses goussets.

Par l'excellente et unique raison... que n'ayant pas deux cent mille francs...

PAULINE, souriant.

A la bonne heure.

DE LORGE, voyant Miron qui entre par la gauche suivi de Louise.

Le voici !

Pauline va rejoindre Louise pendant que Miron traverse lentement la scène d'un air contrit et va près de de Lorge.

SCÈNE XVIII

LES MÊMES, MIRON, LOUISE, puis BRIQUET.

MIRON, bas à de Lorge les yeux baissés, et la voix émue.

Je me suis conduit d'une manière indigne. Je suis un faux ami... un égoïste... un... enfin, je te dois une réparation... Eh bien! écoute... battons-nous... (Vivement.) Oh! seulement... seulement ne me tue pas... Ça ferait trop de peine à ma femme. Je ne me défendrai pas... Tu me blesseras légèrement au bras.

DE LORGE *.

Grand imbécile!

Il lui tend les bras.

MIRON.

Hein?

DE LORGE.

Pourquoi ne m'as-tu pas raconté l'histoire des deux cent mille francs?

Il frappe sur le timbre.

MIRON.

Comment! tu sais...

DE LORGE.

Est-ce que c'est moi qui aurais pu faire ce que tu as fait... sauver monsieur Cavalier. (A Briquet qui paraît au fond, à droite.) Mon paletot, mon chapeau.

MIRON.

Tu me pardonnes?

DE LORGE.

Tiens, rassure-toi... (Haut.) Voilà ma démission; déchire-la toi-même...

Il lui donne sa lettre.

LOUISE.

Vous partez, monsieur de Lorge?

* Pauline, Louise, Miron, de Lorge.

DE LORGE *.

Oui, madame.

PAULINE, à part.

Ah!

DE LORGE.

Mais avant, permettez-moi de vous prier d'excuser ma conduite de tout à l'heure.

LOUISE.

Oh! pure plaisanterie.

DE LORGE.

Miron se chargera de me justifier. Demandez-lui quand je serai parti de vous raconter l'histoire d'un certain taïcoum de sa connaissance.

LOUISE, riant, à Miron.

Tu connais un taïcoum?

MIRON.

Oui... le meilleur... le plus excellent... taïcoum.

DE LORGE.

Autre chose... une mission que je vais te confier pendant mon absence.

MIRON.

Une mission?

DE LORGE.

Je te laisse ainsi qu'à madame le soin de me trouver une femme.

MIRON, étonné.

Hein?

LOUISE.

Vous voulez vous marier?

DE LORGE.

Oui, madame, la vue de votre bonheur ..

MIRON, très-joyeux.

Ce cher ami. (A demi-voix, à de Lorge, en désignant Pauline). Mais il ne serait peut-être pas nécessaire d'aller bien loin.

* Pauline, Louise, de Lorge, Miron.

DE LORGE.

Je vous laisse mes pleins pouvoirs et à mon retour...
Voyons... es-tu content ? Ta main et je pars.

MIRON.

Ah ! mon ami ! mon frère !...

BRIQUET, qui a paru au fond, à part.

Décidément le rhum et les cigares me resteront.

Il donne à de Lorge son chapeau et son paletot.

DE LORGE, saluant Pauline et Louise.

Mesdames.

FIN

CHATILLON-SUR-SEINE. — IMPRIMERIE E. CORNILLAC

www.ingramcontent.com/pod-product-compliance
Ingram Content Group UK Ltd.
Pitfield, Milton Keynes, MK11 3LW, UK
UKHW020451180726
13839UKWH00004B/1767